"A veces las cos

Ser mamá es algo especial, aun(...)
Ella es más que sólo tu amiga, también es un espacio seguro.

Cuando estas en aprietos ella está ahi para darte una mano,
guiandote a través de la vida, ayudandote a entender y aprender.

En las altas y bajas ella es tu roca y tu guia.
Cómo una leona, ella será feroz y siempre estará a tu lado.

Ella te dirá: "sé fuerte, sé positivo y no te rindas/nunca te rindas,"
Motivándote a ser firme y como luchar para ganar.

Conversaciones de corazón a corazón cuando te sientas abrumado,
Las mamás son como superhéroes, su amor siempre será demostrado.

Te celebrará, te ayudará y te alentará también,
No hay nada en este mundo que ella no haría.

He aqui mi gran agradecimiento a todas las madres,
Por todo lo que hacen, por demostrar cuánto te preocupas.

XOXO,
Daryl

Mami esta criando a un Rey!

Escrito por Daryl Antonio Rejas Jr. con Sally Rejas

Dedicado a todas las madres que crian hijos y a los camellos que amenudo no son reconocidos por su amor y sacrificios.

.

Mami comenzó a leerme un cuento,
"Érase una vez una estrella, era una
estrella de mar con sólo cuatro brazos."

Pero mientras escuchaba, una pregunta surgió en mí mente, tenía que preguntar "desde el principio los camellos han acompañado al humano, sacrificandolo todo en silencio. ¿Por qué todas las historias comienzan con "érase una vez una estrella"? ¿No debería ser "érase una vez un camello?"

Mami, siempre paciente con mis preguntas, me ofreció una respuesta. "Los camellos son como todas las madres, mi niño. No buscamos reconocimiento; llevamos nuestras responsabilidades con humildad y honor. Verás, las responsabilidades que llevan los camellos son a menudo más allá de lo que puedas imaginar."

Sus palabras inundaron mi mente, mientras ella continuaba leyendo el cuento, estrellas, camellos, y madres pasaban por mi mente.

Yo admiraba a mami profundamente. Mami siempre ha estado presente ofreciéndome su guia, disciplina y amor incondicional. Su fortaleza se asemejaba a la del camello, firme en su camino [labor] de amor y sacrificio. Así como el camello, mami trabajó fuertemente para inculcar valores de compasíon, integridad y paciencia en mí.

Nuestro lazo floreció en confianza y comprensión. Nuestra comunicación fluyó sin afán, a través de palabras habladas, la calidez de sus abrazos o su toque reconfortante.

Mami está a mi lado como mi firme cuidadora, protegiéndome valientemente de los peligros del mundo. Ella está decidida a nutrir mi crecimiento, como mi escudo y protegerme.

Como el futuro rey [que soy] aprendí destrezas vitales de mami. Aprendí como alimentarme. Aprendí a reconocer peligros. Aprendí a manejar situaciones de la vida. Su papel en mi desarrollo y supervivencia fue esencial. Merecedor de reconocimiento y agradecimiento, justo como una estrella.

A pesar de todo, mami era más que una cuidadora; Es mi reina, amándome hasta convertirme en la persona que estoy destinado a ser- un rey por derecho divino.

Fin.

About the Author

"I used to believe it was just me against the vast world, but then
I came to understand it was actually me against myself."

-Daryl Rejas Jr.

Daryl grew up in Virginia, Alabama, Maryland, and Georgia
as a military child. His passion has been animals, soccer,
creative writing & drama, and being outdoors.

After years of moving, Daryl has learned much in the moving
process and being a military child. One of the most important
lessons he has and continues to learn is how to fit in. In this
book and other platforms, his commitment is to stop bullying
and raise mental health awareness amongst young boys.
Daryl wants to talk about the elephant in the room and how
to mitigate those stressors.

"Whether things are big or small, whether we're feeling weak or strong, life is always changing. It's like stepping into a river - each time you do, it's not exactly the same river, and you're never exactly the same person."

-Daryl Rejas Jr.

Made in the USA
Columbia, SC
24 July 2024

38629441R00015